金子みすゞ詩集

みすゞとけい

〔詩〕金子みすゞ

〔人形〕三瓶季恵

装幀　後藤　勉
写真撮影　武田礼三

忙しい毎日、いつもより少しだけ時間の針をゆっくりと進ませてみませんか？　目を閉じて耳をすませば、鳥のさえずりが聞こえてきます。おや？　何かお花のいい香りもしてきましたよ。

八百屋のお鳩

おや鳩子《ばと》ばと
お鳩《はと》が三羽
八百屋《やおや》の軒《のき》で
クックと啼《な》いた。

茄子《なす》はむらさき
キャベツはみどり
いちごの赤も
つやつやぬれて。

なあにを買おうぞ
しィろいお鳩
八百屋の軒で
クックと啼いた。

桃

一、二イ、三、
飛びついた。
ゆっさゆっさゆれる
桃の枝。

枝は下って来は来たが、
右もひだりも手があかぬ。

一、二ィ、三、
飛び下りた。

ぴんとかえった
桃の枝。

あの桃、あの桃、たァかいな、
あの桃、あの桃、大きいな。

月日貝

西のお空は
あかね色、
あかいお日さま
海のなか。

東のお空
真珠《しんじゅ》いろ、
まるい、黄色い
お月さま。

日ぐれに落ちた
お日さまと、
夜あけに沈む
お月さま、
逢《お》うたは深い
海の底。

ある日
漁夫《りょうし》にひろわれた、
赤とうす黄の
月日貝。

瀬戸の雨

ふったり、やんだり、小《こ》ぬか雨、
行ったり、来たり、わたし舟《ぶね》。

瀬戸で出会った、潮同志《しおどうし》、
「あなたは向うへゆきますか
わたしはこっち、さようなら」
なかはくるくる、渦《うず》を巻《ま》く。

行ったり、来たり、渡し舟、
ふったり、止《や》んだり、小ぬか雨。

お花だったら

もしも私がお花なら、
とてもいい子になれるだろ。

ものが言えなきゃ、あるけなきゃ、
なんでおいたをするものか。

だけど、誰かがやって来て、
いやな花だといったなら、
すぐに怒ってしぼむだろ。

もしもお花になったって、
やっぱしいい子にゃなれまいな、
お花のようにはなれまいな。

おはじき

空いっぱいのお星さま、
きれいな、きれいな、おはじきよ。
ぱらり、とおはじき、撒《ま》きました、
どれから、取ってゆきましょか。

あの星
はじいて
こう当てて、
あれから
あの星
こう取って。

取っても取っても、なくならぬ、
空のおはじき、お星さま。

夏

「夏」は夜更《よふか》し
朝寝ぼう。

夜は私がねたあとも、
ねないでいるが、朝早く、
私が朝顔起こすときゃ、
まだまだ「夏」は起きて来ぬ。

すずしい、すずしい、
そよ風だ。

光の籠

私はいまね、小鳥なの。

夏の木のかげ、光の籠《かご》に、
みえない誰かに飼《か》われてて、
知っているだけ唄うたう、
私はかわいい小鳥なの。

光の籠はやぶれるの、
ぱっと翅《はね》さえひろげたら。

だけど私は、おとなしく、
籠に飼われて唄ってる、
心やさしい小鳥なの。

月と雲

空の野原の
まん中で
ぱったり出あった
月と雲。

雲はいそぎで
よけられぬ、
月もいそぎで

とまられぬ。

ちょいとごめんと
雲のうえ、
すましてすたこら
お月さん。

あたま踏まれた
雲たちも
平気のへいざで
えっさっさ。

木

小鳥は
小枝のてっぺんに、
子供は
木かげの鞦韆《ぶらんこ》に、
小ちゃな葉っぱは
芽のなかに。

あの木は、
あの木は、
うれしかろ。

ばあやのお話

ばあやはあれきり話さない、
あのおはなしは、好きだのに。

「もうきいたよ」といったとき、
ずいぶんさびしい顔してた。

ばあやの瞳《め》には、草山の、
野茨のはなが映《うつ》ってた。

あのおはなしがなつかしい、
もしも話してくれるなら、
五度も、十度も、おとなしく、
だまって聞いていようもの。

草原の夜

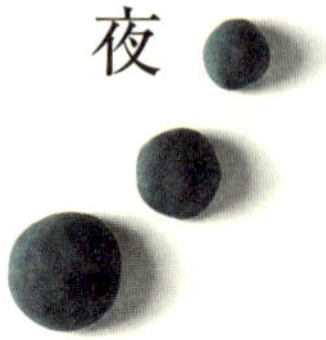

ひるまは牛がそこにいて、
青草たべていたところ。

夜《よる》ふけて、
月のひかりがあるいてる。

月のひかりのさわるとき、
草はすっすとまた伸びる。

あしたも御馳走《ごちそう》してやろと。
ひるま子供がそこにいて、
お花をつんでいたところ。

夜ふけて、
天使がひとりあるいてる。

天使の足のふむところ、
かわりの花がまたひらく、
あしたも子供に見せようと。

げんげ

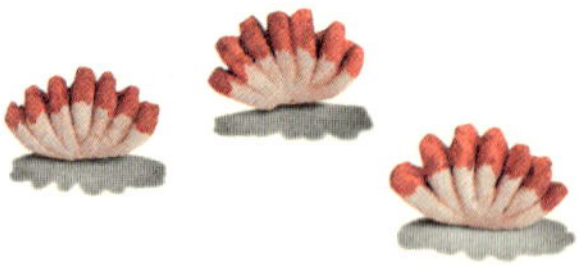

雲雀《ひばり》聴き聴き摘《つ》んでたら、
にぎり切れなくなりました。

持ってかえればしおれます、
しおれりゃ、誰かが捨てましょう。
きのうのように、芥箱《ごみばこ》へ。

私はかえるみちみちで、
花のないとこみつけては、
はらり、はらりと、撒《ま》きました。
——春のつかいのするように。

芝草

名は芝草《しばくさ》というけれど、
その名をよんだことはない。

それはほんとにつまらない、
みじかいくせに、そこら中、
みちの上まではみ出して、
力いっぱいりきんでも、
とても抜けない、つよい草。

げんげは紅《あか》い花が咲く、
すみれは葉までやさしいよ。
かんざし草はかんざしに、
京びななんかは笛になる。

けれどももしか原っぱが、
そんな草たちばかしなら、
あそびつかれたわたし等《ら》は、
どこへ腰かけ、どこへ寝よう。

青い、丈夫な、やわらかな、
たのしいねどこよ、芝草よ。

夕顔

お空の星が
夕顔に、
さびしかないの、と
ききました。

お乳のいろの
夕顔は、
さびしかないわ、と

いいました。

お空の星は
それっきり、
すましてキラキラ
ひかります。

さびしくなった
夕顔は、
だんだん下を
むきました。

さよなら

母さま、母さま、待っててね、
とても私はいそがしい。

うまやの馬に、鶏小屋《とりごや》の、
鶏と小ちゃなひよっこに、
みんなさよならしてくるの。

きのうの木樵《きこり》に逢えるなら、

ちょいと山へもゆきたいな。

母さま、母さま、待っててね、
まだ忘れてたことがある。

町へかえればみられない、
みちのつゆくさ、蓼《たで》のはな、

あの花、この花、顔をみて、
ようくおぼえておきましょう。

母さま、母さま、待っててね、

昼と夜

昼のあとは
夜よ、
夜のあとは
昼よ。

どこにいたら
見えよ。

長い長い
縄が、
その端《はし》と
端が。

学校へゆくみち

学校へゆくみち、ながいから、
いつもお話、かんがえる。
みちで誰かに逢わなけりゃ、
学校へつくまでかんがえる。
だけど誰かと出逢ったら、

朝の挨拶《あいさつ》せにゃならぬ

すると私はおもい出す、
お天気のこと、霜のこと、
田圃《たんぼ》がさびしくなったこと。

だから、私はゆくみちで、
ほかの誰にも逢わないで、

そのおはなしのすまぬうち、
御門をくぐる方がいい。

紙鉄砲

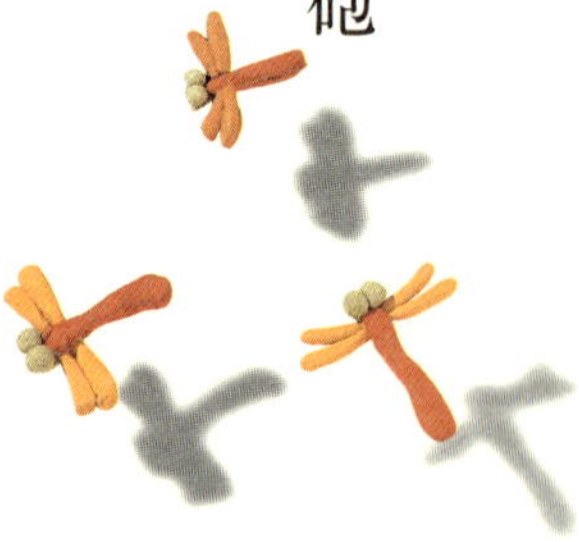

紙鉄砲
ポン、ポン、ポン。

きのうまでなかったに、
一にちで流行《はや》ったよ。

みんなが篠竹《しのだけ》切ってくる、
みんなが紙玉こしらえる。

紙鉄砲
ポン、ポン、ポン。

きのうまで暑かったに、
一にちで秋が来た。

みんなが篠竹けずってる、
みんながお空をみあげてる。

犬とめじろ

巨《おお》きな、犬の吠《ほ》えるのは、
大きらいだけれど、

小さい目白《めじろ》のなく声は、
大好きなのよ。

わたしの泣くこえ、
どっちに似てるだろ。

どんぐり

どんぐり山で
どんぐりひろて、
お帽子にいれて、
前かけにいれて、

お山を降《お》りりゃ、
お帽子が邪魔《じゃま》よ、
すべればこわい、
どんぐり捨てて、
お帽子をかぶる。
お山を出たら
野は花ざかり、
お花を摘《っ》めば、
前かけ邪魔よ、
とうとうどんぐり
みんな捨てる。

夜

夜は、お山や森の木や、
巣にいる鳥や、草の葉や、
赤いかわいい花にまで、
黒いおねまき着せるけど、
私にだけは、できないの。

わたしのおねまき白いのよ、
そして母さんが着せるのよ。

大きな手籠

手籠、手籠、
大きな手籠。
広い野へ出て、この籠に、
いっぱい蓬《よもぎ》を摘《つ》もうとて、
どの子も、どの子も、町の子は。

けれど、どの子も知りゃしない、
野にある蓬はみいんな、

町へと売りに行くために、
田舎の人が摘んだのを。

節句《せっく》は来ても、春浅い、
よもぎはほんの、芽ばかりで、
摘めばしおれてしまうのに、
摘めばしおれてしまうのに。

手籠、手籠、
大きな手籠。
どの子も、どの子も、楽しげに。

花のお使い

白菊《しらぎく》、黄菊《きぎく》、
雪のような白い菊。

月のような、黄菊。

たあれも、誰《たあれ》も、みてる、
私と、花を。
（菊は、キィれい、
私は菊を持ってる、
だから、私はきィれい。）

叔母《おば》さん家《ち》は遠いけど、
秋で、日和《ひより》で、いいな。
花のお使い、いいな。

藪《やぶ》蚊《か》の唄

ブーン、ブン
木陰《こかげ》にみつけた、乳母車《うばぐるま》、
ねんねの赤ちゃん、かわいいな、
ちょいとキスしよ、頬っぺたに。

アーン、アン、
おやおや、赤ちゃん泣き出した、
お守どこ行《い》た、花つみか、

飛んでって告《つ》げましょ、耳のはた。

パーン、パン、
どっこい、あぶない、おお怖《こわ》い、
いきなりぶたれた、手《て》のひらだ、
命《いのち》、ひろうたぞ、やあれ、やれ。

ブーン、ブン
藪のお家《うち》は暗いけど、
やっぱりお家へかえろかな、
かえって、母さんとねようかな。

波の子守唄

ねんねよ、ねんね、ざんぶりこ、
ざんぶり、ざぶりこ、ねんねしな。

海の底では貝の子が、
藻《も》のゆりかごでねんねした。
ねんねよ、ねんね、ざんぶりこ、
お十五夜《や》さま、もう高い。

海の渚《なぎさ》じゃ蟹《かに》の子が、
砂のお床でねんねした。
ざんぶり、ざぶりこ、ねんねしな、
あけの明星《みょうじょう》の白《しら》むまで。

闇夜の星

闇夜に迷子《まいご》の
星ひとつ。
あの子は
女の子でしょうか。

私のように
ひとりぼっちの、
あの子は
女の子でしょうか。

こおろぎ

こおろぎの
脚《あし》が片っぽ
もげました、

追っかけた
たまは叱って
やったけど、

しらじらと
秋のひざしは
ことも無く、

こおろぎの
脚は片っぽ
もげてます。

夜散る花

朝のひかりに
散る花は、
雀もとびくら
してくれよ。

日ぐれの風に
散る花は、
鐘がうたって
くれるだろ。

夜散る花は
誰とあそぶ、
夜散る花は
誰とあそぶ。

山茶花

居ない居ない
ばあ!
誰あやす。

風ふくおせどの
山茶花《さざんか》は。

居ない居ない
ばあ!
いつまでも、

泣き出しそうな
空あやす。

寒《かん》のあめ

しぼしぼ雨に
日ぐれの雨に、
まだ灯《ひ》のつかぬ、
街灯《がいとう》ぬれて。

きのうの凧《たこ》は
きのうのままに、

梢《こずえ》にたかく、
やぶれてぬれて。

重たい傘を
お肩にかけて、
おくすり提《さ》げて、
私はかえる。

しぼしぼ雨に
日ぐれの雨に、
蜜柑《みかん》の皮は、
ふまれて、ぬれて。

さかむけ

なめても、吸ってても、まだ痛む
紅《べに》さし指のさかむけよ。

おもい出す、

おもい出す、
いつだかねえやにきいたこと。
「指にさかむけできる子は、
親のいうことときかぬ子よ。」
おとつい、すねて泣いたっけ、
きのうも、お使いしなかった。
母さんにあやまりゃ、
なおろうか。

汽車の窓から

お山であかいは
あれはなに。

あれは櫨《はじ》の木、櫨紅葉《はじもみじ》、
なにか怖《こわ》いな、黒い赤。

お里であかいは
あれはなに。
あれは熟《う》れてる柿《かき》の実《み》よ、
見てもうまそな、黄《き》いな赤。

お空であかいは
あれはなに。
あれはお汽車の灯《ひ》のかげよ、
さみしい赤よ、亡《な》い赤よ。

橙の花

泣いじゃくり
するたびに、
橙《だいだい》の花のにおいがして来ます。

いつからか、
すねてるに、
誰も探しに来てくれず、

壁の穴から
つづいてる、
蟻をみるのも飽きました。

壁のなか、
倉のなか、
誰かの笑う声がして、

思い出しては泣いじゃくる
そのたびに、
橙の、花のにおいがして来ます。

積った雪

上の雪
さむかろな。
つめたい月がさしていて。

下の雪
重かろな。
何百人ものせていて。

中の雪
さみしかろな。
空も地面《じべた》もみえないで。

大晦日と元日

兄さまは掛《かけ》取《と》り、
母さまはお飾《かざ》り、
わたしはお歳《せい》暮《ぼ》。
町じゅうに人が急いで、
町じゅうにお日があたって、
町じゅうになにか光って。

うす水いろの空の上、
鳶《とんび》は静かに輪を描《か》いていた。

兄さまは紋付き、
母さまもよそゆき、
わたしもたもとの。
町じゅうに人があそんで、
町じゅうに松が立ってて、
町じゅうに霰が散ってて。

うす墨《ずみ》いろの空の上、
鳶は大きく輪を描いていた。

あとがき

大人になるにつれて「一年が過ぎるのが早くて」という言葉をよく耳にします。なるほど、それが理解できる年齢に達し、この間めくったばかりなのにと思いながら、ため息まじりにまたカレンダーに手を伸ばすこの頃です。

げんげ

雲雀《ひばり》聴き聴き摘《つ》んでたら
にぎり切れなくなりました。

持ってかえればしおれます、
しおれりゃ、誰かが捨てましょう。
きのうのように、芥箱《ごみばこ》へ。

私はかえるみちみちで、
花のないとこみつけては、
はらり、はらりと、撒《ま》きました。
――春のつかいのするように。

時計の針は常に動いています。でも気持ちをゆったりと持って、こんな素敵な一時《いっとき》を過ごせたら、きっと笑顔で次のカレンダーをめくることができそうです。
春のつかいのするように。

人形作家　三瓶季恵

金子みすゞ

本名金子テル　明治三十六年（1903）、山口県仙崎村（現　長門市）に生まれる。二十歳の頃から「金子みすゞ」のペンネームで雑誌「童話」「赤い鳥」などに投稿を始め、西條八十に高い評価を受ける。二十三歳で結婚、一女をもうけるが昭和五年（1930）二十六歳で命を絶つ。死後五十年以上経て、埋もれていた遺稿が発見され、全集等が出版されみすゞブームがおこる。地元長門市に建つ「金子みすゞ記念館」には訪れる人が多く、高い人気を保つ童謡詩人である。その詩は、見えないもの、小さなものへの無垢なまなざし、心のありかたを表現し、現代人の忘れてしまったものを呼びおこしてくれる。

金子みすゞ詩集
みすゞとけい

発行　平成二十一年八月二十七日　初版発行
著者　金子みすゞ［詩］
　　　三瓶季恵［人形］
発行者　和田佐知子
発行所　株式会社　春陽堂書店
　　　東京都中央区日本橋3-4-16
　　　電話03（3815）1666
印刷・製本　株式会社　加藤文明社

本書は『新装版　金子みすゞ全集』（JULA出版局刊）を底本といたしました。新字、現代かなづかいに改めました。ルビは特殊な読みや難読・誤読のおそれのある語にのみつけました。原則として最初に登場する語にのみつけました。

ISBN978-4-394-90271-3　C0092

落丁、乱丁本はお取替えいたします。